A M. DE LAMARTINE.

A

M. DE LAMARTINE.

VERSAILLES. — IMPRIMERIE DE MONTALANT-BOUGLEUX.

Ces vers ont été composés *à la vue d'un Portrait de* M. DE LAMARTINE. L'illustre poëte a bien voulu laisser faire ce portrait* pour l'un de ses collègues à la Chambre des Députés, qu'il honore de son amitié.

M. Baget a adressé en échange, au nom de son beau-frère, une aquarelle et cette pièce de vers, accueillies par M. de Lamartine avec bienveillance, dans les termes suivants :

A M. JULES BAGET.

Monsieur,

Que vous dirai-je pour cet admirable chant de CHILD-HAROLD vivant que vous m'avez consacré? Être senti, c'est l'homme; être goûté, c'est la poésie; être chanté, c'est la gloire : vous me comblez des trois dons à la fois : mille fois reconnaissance !

Les vers sont aussi suaves que les fleurs. Les uns resteront dans ma mémoire, les autres sous mes yeux : vous serez donc deux fois de la famille.

Lamartine.

30 mai 1842.

* Par M. Larpanteur, de Versailles.

A LA VUE D'UN PORTRAIT

DE

M. DE LAMARTINE.

I.

Le voilà !... c'est bien lui, ce poète inspiré,
Ce sublime rêveur, sympathique génie,
Qui verse avec amour, comme un fleuve sacré,
Les parfums de son ame en torrents d'harmonie !

Voilà ce vaste front où la pensée en fleur,
Sans se flétrir jamais, toujours épanouie,
Comme un lis immortel qui garde sa fraîcheur,
Resplendit toujours pure à la vue éblouie !

Voilà cet œil profond, vivant miroir des cieux,
D'où le feu de son cœur, qu'échauffe un saint délire,
S'échappe pour briller en reflets gracieux
Dans les hymnes divins que module sa lyre!

Oui, je te reconnais, barde mélodieux,
Toi qui fais dans mon sein chanter la poésie,
Pareil à l'astre d'or dont l'éclat radieux
Réveillait de Memnon la statue endormie.

Poétique soleil, tes vers sont les flambeaux
Qui semblent chaque jour féconder sur la terre :
Dans les ames l'amour, l'espoir sur les tombeaux,
Dans les temples la foi, cet ange du mystère.

Que d'amis inconnus, d'adorateurs fervents,
De tes livres aimés solitaires rhapsodes,
Au bruit des clairs ruisseaux, de la mer et des vents,
Ont prononcé ton nom et murmuré tes odes!

Que de vierges sur-tout, tes strophes à la main,

Rêvant l'œil attendri, dans leurs frais gynécées

Ont suivi ton Elvire au glorieux chemin

Qu'aimaient à lui tracer tes brillantes pensées!

Ah! sans doute, au milieu des songes vaporeux

Dont l'essaim caressant te poursuit et t'assiége,

Tu dois voir quelquefois apparaître à tes yeux

De ces pures beautés l'éblouissant cortége.

Tu dois voir... mais regarde, il descend sur ton front,

Il l'entoure en jouant d'une fraîche couronne,

Couronne que jamais les ans ne faneront

Comme ces fleurs d'un jour que le printemps nous donne.

Oui, regarde : semblable à ces types charmants

Qu'enviait Raphaël à la sainte patrie,

Heureux, le cœur ému de doux frémissements,

Le groupe virginal en voltigeant s'écrie :

Le voilà !.. gloire à lui ! gloire au chantre inspiré,
Au sublime rêveur, sympathique génie,
Qui verse avec amour, comme un fleuve sacré,
Les parfums de son ame en torrents d'harmonie !

II.

Poète aimé, ton cœur, au matin de tes jours,
S'abreuvait de délire aux terrestres calices ;
Mais aux moments pieux tu revolais toujours
Vers Dieu, cet océan d'ineffables délices.

C'est là que, se plongeant dans le monde éternel,
Ton extase admirait les enfants de lumière
Que te montrait jadis le regard maternel
Dans la Bible où lisait ton enfance première.

Là, ton vol agrandi te balançait pensif
Parmi les chœurs ailés des séraphins sans nombre,
Comme l'aigle des mers, qui, loin de tout récif,
Plane sur les flots bleus où se berce son ombre.

Là ton ame apprenait au son des harpes d'or,

A comprendre, à bénir la puissance infinie

Du Dieu dont autrefois la sibylle d'Endor

Menaçait de Saül la puissance impunie.

Là, des concerts divins rival audacieux,

Accusant de ton luth les cordes engourdies,

Inspiré, tu prenais une lyre des cieux,

Et mêlais tes accords aux saintes mélodies.

Voilà par quel essor, par quels nobles élans,

Mortel, tu devinas les sphères immortelles :

Voilà pourquoi ta Muse, en ses transports brûlants,

Eblouit nos regards en secouant ses ailes !

Roi du monde étoilé ! roi des rêves chrétiens !

Que d'hommes, fatigués de leur indifférence,

En commentant tes vers dans de longs entretiens,

Ont vu poindre à leurs yeux un rayon d'espérance !

Que d'autres avec toi le verront poindre un jour !
Car s'il est ici-bas une terre choisie
Qu'illumine un reflet du céleste séjour,
C'est la terre où fleurit la sainte poésie.

C'est là que prolongeant, immense, jusqu'à nous
Ses échelons de feu par un divin mystère
(Mystère dont la foi ne parle qu'à genoux),
L'échelle de Jacob joint le ciel à la terre.

C'est là, sur ce beau sol des douces visions,
Qu'on voit l'ange et les fleurs aux brillantes corolles,
Emblême gracieux des pures régions,
En se penchant vers toi répéter ces paroles :

Le voilà !.. gloire à lui ! gloire au chantre inspiré,
Au sublime rêveur, sympathique génie,
Qui verse avec amour, comme un fleuve sacré
Les parfums de son ame en torrents d'harmonie !

III.

Barde religieux, l'Orient t'appelait,

Et, nouveau pèlerin, sous le soleil d'Asie,

Tu devais, sur les monts où Dieu même parlait,

Faire briller aussi l'astre de poésie.

— Oh! que j'aime, abusé par un pieux transport,

A voir ta blanche voile à la brise livrée,

Sur l'humide chemin t'emporter loin du port

Comme un cygne glissant sur la plaine azurée!

Elle fuit! elle fuit! — elle effleure en passant

La Sicile, l'Afrique, et Tunis et Carthage,

Nobles débris souillés par les fils du Croissant,

Qui les foulent aux pieds comme un vil héritage.

— Elle vogue toujours sur l'abîme mouvant,

Et découvre bientôt et Malte et la Morée :

Elle vogue, inclinant ses mâts au gré du vent,

Et, triomphante, aborde à l'antique Pirée.

Saluons un moment la Grèce, ce grand nom,

Beau mot qui vaut lui seul une prosopopée,

Et dont Chateaubriand au pied du Parthénon,

Un Homère à la main, redisait l'épopée.

Saluons Sparte, Athène, immortelles cités,

Mais spectres impuissants couchés dans la poussière,

Que du soleil ami les fidèles clartés

Inondent comme au temps de leur splendeur première.

Puis quittons à regret ce séjour de héros,

Ce vieux sol mutilé, ces ruines savantes,

Ces monuments des dieux, ces marbres de Paros

Que taillait Phidias en figures vivantes.

Mais avant nos adieux, avant que l'aviron

Au navire français doucement nous ramène;

Avant de fuir la terre, où l'ombre de Byron,

En souriant aux Grecs, pensive, se promène;

Vous, Muses, chastes Sœurs, dont l'éclat enchanté

Charmait, embellissait la rive athénienne,

De votre renommée abdiquant la fierté,

Tressez, tressez des fleurs pour la Muse chrétienne.

Légères, descendez de vos coteaux flétris,

Retraites sans ombrage où règne le silence,

Auprès de notre barde accourez à mes cris,

Et répétez en chœur cet écho de la France :

Le voilà !... gloire à lui ! gloire au chantre inspiré,

Au sublime rêveur, sympathique génie,

Qui verse avec amour, comme un fleuve sacré,

Les parfums de son ame en torrents d'harmonie !

IV.

Saluons maintenant, en face du Liban,

Les brillants minarets et les blanches mosquées

Où cinq fois chaque jour les têtes à turban

Sont par les muezzins gravement convoquées.

C'est l'heureuse Beyrouth, éclatante cité,
Malheureuse pour toi, poète à l'ame tendre,
Où de ta Julia, lis de virginité,
Pour la dernière fois la voix se fit entendre.

Julia! Julia! doux nom trempé de pleurs,
Nom d'ange à l'œil d'azur plein de fraîche magie,
Et qui n'est plus pour toi qu'un vase de douleurs
Couronné de cyprès par la pâle élégie!

Hélas! Dieu préparait ce calice de fiel
Pendant qu'abandonnée aux extases mystiques,
Ta lyre au Golgotha, se rapprochant du ciel,
Aux chants du roi-prophète égalait ses cantiques.

— De quel éclat pieux ton front s'illumina
Lorsque Jérusalem apparut à ta vue!
On eût cru voir Moïse au faîte du Sina,
Quand sur un char d'éclairs Dieu parla dans la nue.

D'un air contagieux l'errante exhalaison
De cadavres alors semait la cité sainte ;
Mais, bravant du fléau l'homicide poison,
Tu franchis sans émoi la redoutable enceinte.

Là, t'unissant de cœur aux maux du grand Martyr,
Et portant avec lui la croix d'ignominie,
Tu voulus, sous le poids d'un vaste repentir,
Suer comme le Christ la sanglante agonie.

Heureux si, comme lui, tes fécondes douleurs
Et ton sang répandu sur un nouveau calvaire,
Avaient pu tout à coup pour des siècles meilleurs
En un monde plus pur transfigurer la terre !

Jamais, depuis ces jours de brûlante ferveur
Où des peuples ligués la phalange sacrée
Vengeait sur le Croissant la tombe du Sauveur,
Jamais chrétien plus grand ne l'avait adorée.

Aussi, quand tu parus dans le temple divin

Tout voilé de pâleur comme d'un blanc suaire,

On dit qu'à ton oreille un jeune Séraphin

Fit entendre ces mots au seuil du sanctuaire :

Le voilà !.. gloire à lui ! gloire au chantre inspiré,

Au sublime rêveur, sympathique génie,

Qui verse avec amour, comme un fleuve sacré,

Les parfums de son ame en torrents d'harmonie !

V.

Te suivrai-je à présent, parmi nous revenu,

Sur cet autre océan qu'on nomme POLITIQUE,

Mer terrible, où toujours quelque écueil inconnu

Vient dresser comme un sphinx sa face énigmatique ?

T'y verrai-je, appuyé sur un sceptre nouveau,

Combattant ces faux dieux à la base d'argile

Qui bannissent des lois qu'enfante leur cerveau

Cet esprit fraternel que prescrit l'Evangile ?

T'y peindrai-je, opposant à leurs âpres discours

Un front calme, paré d'une double couronne,

Et semant autour d'eux, comme l'astre des jours,

Un reflet de la sphère où ta Muse rayonne?

Non : là trop de brouillards obscurcissent les flots,

Trop de vents déchaînés soulèvent les orages,

Et comme la mouette, effroi des matelots,

Je ne veux pas ici prédire de naufrages.

Mais, hélas! s'il est vrai qu'en ce siècle d'airain

L'éloquence en vains sons à la tribune expire,

Que le MOI, ce dieu *Terme,* aveugle souverain,

Aux plus sages progrès y dispute l'empire;

S'il est vrai qu'impuissant à propager le bien,

Le foyer généreux que ton ame recèle

Ne peut à tes accents de barde citoyen

Du saint patriotisme allumer l'étincelle;

S'il est vrai que, rival de nos grands orateurs,

En flots de diamants épanchant ta parole,

Tu ne peux élever à tes nobles hauteurs

Tant d'esprits trop étroits pour comprendre ton rôle;

—Reprends, reprends ton luth, poète aux ailes d'or!

Ton libre essor demande un plus vaste domaine;

A chaque élan, ton front, gigantesque condor,

Se heurte à la prison dont le réseau t'enchaîne.

Reprends, reprends ton luth,—et debout sur ces monts

Où la France t'a vu, radieux météore,

Dérouler à ses yeux ces vers que nous aimons,

Et qui furent pour elle une nouvelle aurore;

Rassemble tes rayons pour en faire jaillir

D'immortelles clartés sur ce poème immense,

Où de l'humanité le spectacle à venir

Doit couronner les chants que Jocelyn commence.

—Monte, monte au trépied, plein d'une sainte ardeur,

Prête l'oreille aux dieux dont la voix te réclame ;

Et toi-même, ébloui de ta propre splendeur,

Fais éclater ta Muse en oracles de flamme!...

Voilà ta mission, poète au vol puissant !

Achève ta grande œuvre, et ce siècle timide,

Qu'épouvante parfois l'audace du talent,

S'écrîra, contemplant ta vaste pyramide :

Le voilà!... gloire à lui! gloire au chantre inspiré,

Au sublime rêveur, sympathique génie,

Qui verse avec amour, comme un fleuve sacré,

Les parfums de son ame en torrents d'harmonie!

Jules BAGET.